因為有愛

給孩子的故事

阿濃　著

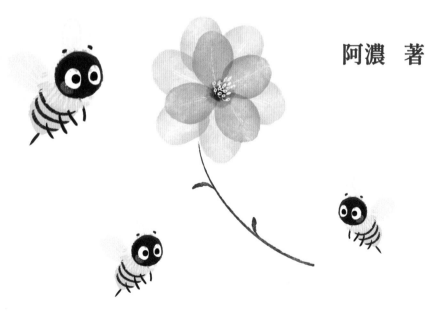

新雅文化事業有限公司
www.sunya.com.hk

斑馬的爭論

序

來自童心

在千百個孩子中出現了一個繪畫天才,她叫Jaclyn 陳燕貞,從兩歲開始,就紙筆不離手,畫出以千計的絕妙作品。

我曾這樣評價她的畫:

她天才橫溢,顯示了非凡的能力。包括驚人的觀察力、記憶力、想像力和表現力。

她一眼便捕捉到人和物的特點,包括某些細節,記在心中,再加上奇特豐富的想像,把他們用線條繪寫出來。最難得的不止是繪出外形,還表現了人物的感情和神韻。

她線條的肯定,造型的獨特,布局的巧妙,趣味的濃郁,使她的作品十分耐看。個別作品更能與畫壇大師比美,這並非誇張,因為她的能力與生俱來,是上天的賜與。

Jaclyn 陳燕貞的作品

松鼠寶寶

的夢想

因為有愛，不再孤單

水井的故事

我欣賞的作品都來自她從兩歲到五六歲
的童心，引發我為其中一些寫了一批故事。
Jaclyn 和她的母親和我曾合作出版了《童話
家 Vs 童畫家》，細說其中因由。

新雅有意為其中八個故事邀請多位畫家
製作繪本，跟她的原作來一個有趣的比對。

Jaclyn 如今已長成亭亭玉立的少女，興
趣廣泛，處處顯示藝術天分。本書是她成長
足跡的一部分。

阿濃

JACLYN Chan

鳥兒的啟示

JACLYN

快樂的工作

最好的牀

目錄

鳥兒的啟示

　　媽媽在一間會計師樓工作，這間公司每年最忙的是三月和四月。因為許多人要在這兩個月報稅。

　　媽媽這兩個月一早就上班，很晚才回來。即使回來，也帶了不少工作回家做。

　　有幾天媽媽大傷風，咳得喉嚨都沙啞了，但是她沒有請假，繼續上班。

　　有一天媽媽出門時撞在門框上，額頭上破了一塊皮，她說是吃了傷風藥有點混沌，沒有大礙。

　　媽媽這兩個月很少煮飯。早餐很簡單，天天都是麵包、果汁。小鳳喜歡吃的煎蛋沒有了，她喜歡吃太陽蛋，也喜歡吃奄列，蛋皮包裹著菠菜，她學

大力水手，叫它大力菜。現在都沒有了。

　　帶去學校的午餐盒也老是麵包、火腿加一個橙或蘋果。看到同學們豐富又多變化的午餐盒，她又羨慕又生氣。

　　媽媽晚上也不做飯，小鳳愛吃的糖醋排骨、葡國雞、炸豬扒都好久沒有弄了。她會去超市買兩個飯盒回來，兩人分着吃。起初倒還新鮮，很快就厭了，覺得太油膩，又鹹。

　　小鳳想：媽媽為了工作，連女兒的健康也顧不上了。

這天是星期天，媽媽説今天不加班了。她會做一個菠蘿炒飯給她吃，家裏有罐頭菠蘿、午餐肉、雞蛋，再煮個飯，就可以炒。本來用冷飯炒更好吃，家裏沒有冷飯只好用新鮮飯了。菠蘿炒飯是小鳳愛吃的，她吞唾沫了。

媽媽洗米的時候電話響了，是公司打來的，特殊時期，星期天一樣有人上班。媽聽完電話之後臉色難看，她對小鳳説：「公司出了點麻煩，我要回去。不炒飯了，雪櫃有昨天吃剩的一盒米粉，你拿來當午飯吧。」

媽媽一出門，小鳳就發脾氣把那盒米粉拿出來丟進垃圾桶。

「不盡責的媽媽！」小鳳恨恨的説。

到了中午，小鳳的肚子餓了。她決定去吃快餐，漢堡包、比薩、魚柳包……什麼都好。

臨出門時她想起垃圾桶那盒米粉，怕媽媽回來看到，就拿出來放在一個膠袋裏，準備丟進街外的垃圾桶。

　　她走了一段路，不見有垃圾桶，直到她走到商場附近才看見一個。不過一個流浪漢正往裏搜索汽水罐。她準備向裏丟時，流浪漢一手接了過去，而且很快打開了盒蓋，望一眼說：「好東西！」隨即望着小鳳說：「小妹妹，搵食難呀，別浪費！」小鳳覺得不好意思，也不回答，快步進了商場。

　　她在商場吃了一個漢堡包，一份薯條，一杯可樂，走出商場，見那流浪漢已把那盒米粉吃得乾乾淨淨。她怕他再說什麼，便從相反的方向走了。

　　這一走她就走進了一個小公園，環境很幽靜，
她坐到一張長椅上想歇息一會兒。見有一隻蝴蝶搧
着翅膀這朵花歇一歇，那朵花停一停，忙碌得很。
「搵食難呀！」她記起了流浪漢的話。

　　這時，一隻鳥兒從她眼前飛過，鑽進一棵樹的
綠葉叢中，很快又飛了出來。

　　不久她又看到那鳥兒從眼前飛過，嘴裏像銜着
什麼東西。牠又飛進葉叢，小鳳似乎聽到有幼鳥吱
吱的聲音。

待鳥兒再次飛走，小鳳走到樹下窺探，果然見到一個鳥巢。

小鳳找了一處隱蔽的地方，她可以看到鳥巢，鳥兒不一定看到她。

果然不久鳥媽媽又飛了回來，一隻隻小鳥大張着嘴，從巢裏伸長脖子等媽媽餵牠。

小鳳想：鳥媽媽要找青蟲可不容易呀！碰上風大雨大就更艱難了。為了孩子，牠可沒有半句怨言。

「偉大的母親！」小鳳讚美道。

她忽然想起了媽媽。父親死去多年，她獨自辛苦工作，還不是為了她的女兒！

「可是我為她做了什麼？」

「其實我也會做菠蘿炒飯，樣樣都是現成的，只差沒有白飯。」

小鳳匆匆回家，洗好米，放好水，飯熟之後，她就可以炒飯，等媽媽回來吃。

與兒童文學名家對話

阿濃對孩子說：

我知道你們都很愛爸爸和媽媽，

但愛不是只放在心裏。你有想過怎樣表達你的愛嗎？

想一想：少點抱怨，多點關心，能幫就幫。

故事裏的小鳳明白了，你呢？

孩子的話：

給伴讀者的話

阿濃對爸爸媽媽說：

孩子對我們的工作真的不了解，

有機會讓他們認識一下。

教他們學習做一些家務，當是替爸媽分勞。

譬如照顧弟妹，陪伴祖父、祖母，

掃地洗碗，摘菜淘米，

執拾牀鋪，收衫摺衫，料理貓狗，

餵魚洗缸……記得欣賞和稱讚哦！

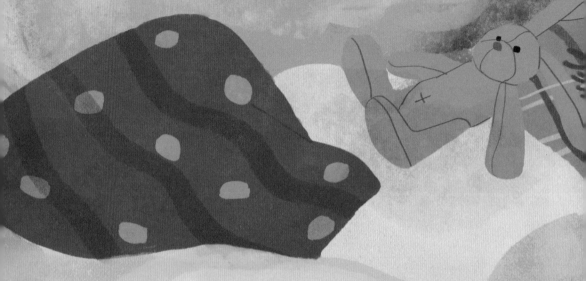

圖：黃裳

最好的牀

　　菲菲家有一個惱人的繼承，就是所有女人都失眠。

　　菲菲的祖母失眠，十時上牀，三時才睡得着。每晚她有五個小時在牀上發愣。她睡不着就打毛衣，別的她不會織，只會織圍巾，一個晚上她能織兩條，一年就是 $365 \times 2 = 730$ 條，都捐給世界失眠協會去做慈善，所以她每年都拿到一張獎狀，為她的慷慨和努力致謝。這樣的獎狀她已經有六十多張。

　　菲菲的媽媽也失眠，她十二時上牀，早上四時才入夢。每晚有四個小時在牀上翻來覆去。她睡不着就看書，後來她索性報讀公開大學課程，利用睡

不着的時間讀書。她讀了一個課程又一個課程，包括《失眠的成因和治療》，她取得極優異的成績，但是她依然失眠。

菲菲五歲就開始失眠，比祖母和母親都早。她最少要在牀上呆三個小時，小眼睛才肯閉起來。為了能及時睡醒上學，她晚上八時便得上牀。如今的孩子哪有這樣早睡的，同學們在八時後打電話給她，約她在網上聊天，都給媽媽禁止了。

菲菲很想克服自己的失眠問題，嘗試過許多方法，幾乎除了吃藥她都試過，因為人人都說安眠藥會越吃越多才有效，她這麼年青不適合。

後來她看了童話《豌豆公主》的故事，知道公主會因為牀墊下有一粒豌豆睡不着覺。她的牀墊下雖然沒有豌豆，但很可能就是因為牀不好，使她難以入睡。從八歲找到十八歲，她要找一張好牀，讓她一躺上去就睡着。

她試過很軟很軟的牀，軟得好像睡在棉花上，但她的腰疼了，因為脊柱失掉支撐。她試過很硬很硬的牀，硬得好像睡在鋼板上，第二天渾身的骨頭都疼。她試過會播音樂的牀，但翻來覆去那幾首曲，把她悶壞了。她試過會搖來搖去的牀，她的感覺是暈船浪，第二天還腳步浮浮。

看來想醫好她的失眠是絕望了。直到有一天，她參加了大學舉辦的野外求生訓練。每個人單獨行動，只准帶一磅麵包、一瓶水、一個指南針、一支電筒、一把小刀、一幅地圖、一個哨子，要走二十公里崎嶇的山路回到營地。

菲菲很快就迷途了，在山谷裏繞來繞去找不到出口。她把麵包吃光了，水也喝完了，她不熟悉使用指南針和地圖，她本可以吹哨子求救，但是她不甘心，那就等於承認失敗了。

他們出發的時間很早，是用直升機把他們送去出發點的。昨晚因為興奮，差不多沒有睡。天氣很暖，是夏天，天黑得遲，走了八個小時太陽離地平線仍老高。

她來到一處平地，長滿野花，無數蜜蜂嗡嗡的在採蜜，她忽然兩眼發睏，渴睡得厲害。這種感覺她已很久很久沒有經歷過。她終於忍不住就地躺下，沒有牀，沒有墊，沒有被，太陽耀眼，地方陌生，但她睡得很甜。

　　她不知道睡了多久，夕陽的餘暉剛夠照
着她及時找到營地，她是最後回來的一個，
但是她精神爽利，因為她曾經美美的睡過一
覺。

　　這次經歷使她明白了一點：想睡得好，
最有效的「藥」是疲勞，在吃力地勞動了之
後，隨處都是最好的牀。

與兒童文學名家對話

阿濃對孩子說：

什麼時候吃東西味道最好？什麼時候覺得媽媽最愛你？

什麼時候覺得友情最珍貴？

菲菲最好的牀，是因為她在什麼時候睡？

能為前三個問題舉一些例子嗎？為什麼？有什麼結果？

孩子的話：

給伴讀者的話

阿濃對爸爸媽媽說：

跟孩子分析：

什麼時候吃東西味道最好？應該是饑餓的時候。

什麼時候覺得媽媽最愛他們？應該是孩子病了，

媽媽的擔憂和悉心照料。

什麼時候友情最珍貴？應該是適時的幫助，

溫暖的同情和安慰。

告訴孩子：在有需要的時候，

事物最美好；因此在別人需要時，要及時送上援手。

讓孩子舉些例子，看他們能夠做什麼？

斑馬的爭論

圖：李成宇

在很久很久以前，斑馬有一個強大的族羣。牠們體格強壯，又十分合羣。因為牠們互相之間很容易望見，就像我們穿了同樣的制服，要聚在一起比其他人容易得多。當牠們成千上萬聚在一起時，就形成一股強大的力量，連獅子老虎也不敢侵犯牠們。

牠們是和平的種族，像牛、馬、羊一般，只吃草，不吃肉，因此牠們不會去侵略和傷害其他動物。

牠們在動物界享有很高的榮譽。

像人類一樣，斑馬族羣也有牠們的領袖，由體格最強壯，最有生存智慧的斑馬擔任。現在這個斑馬族羣有一個正領袖，一個副領袖。牠們本來合作愉快，譬如一個負責白天活動，一個負責夜間警戒；一個負責找新的水草之地，一個負責照顧新生斑馬仔的安全。

　　不過越是有智慧的生物，越可能產生一些古怪的想法。有一天，正領袖望着滿山谷的黑白條紋說：「其實我們身上是黑底白條還是白底黑條呢？」

　　副領袖想也沒想便說：「白底黑條！」

　　正領袖說：「你有什麼根據嗎？我認為是黑底白條。」

　　副領袖說：「你又有什麼根據？」

　　其實牠們都沒有根據，只是對對方的說法不服氣。

　　想不到這小小的分歧，竟一天比一天擴大。正領袖時常拿這個問題詢問斑馬中的組長，如果回答說「黑底白條」，牠就分配牠們去水草肥美的地方。如果說「白

底黑條」，就會被分配去水源不足、荊棘叢生的地區。

　　副領袖也常拿這個問題詢問組長們，如果回答說「白底黑條」，牠就分配牠們去平坦無風的地方歇息。如果說「黑底白條」，就分配他們去凹凸不平和寒冷大風的地方睡覺。

　　如果偶然發現某種味道特別好吃的草，正領袖便悄悄喚他的「黑底黨徒」去享用。

　　如果發現某處的泉水特別甜，副領袖便發出暗號，讓「白底黨徒」搶先去飲。

兩個領袖的偏私做法，造成斑馬社羣的分裂。兩派時常有一些小爭執、小糾紛，小爭執小糾紛造成積怨，漸漸形成大爭執和大糾紛。兩派斑馬竟發生戰爭，一打就打了十年。在斑馬歷史上稱為「十年浩劫」。

　　十年浩劫的結果是斑馬族羣的數量剩下十分之一，被人類注意到這個趨勢，把牠們列為「瀕臨絕種的動物」。

副領袖在一場戰爭中陣亡了，正領袖因為年老多病，快將離開這個世界了，他臨終時對大家說：「我們不為種族的繁榮昌盛努力，卻在無意義的小事上爭執，這是多麼愚蠢呀！」牠留下了一句格言：「不論黑底白底，有條紋的都是好兄弟。」

與兒童文學名家對話

阿濃對孩子說：

兩個斑馬領袖犯了什麼錯？

你曾經看到、經歷過偏私的事件嗎？

說一說，你們也會偏心嗎？

為什麼？有什麼結果？

孩子的話：

給伴讀者的話

阿濃對爸爸媽媽說：

問孩子覺得爸爸媽媽偏心嗎？

把事情說出來，爸爸媽媽要解釋。

如果真的偏心，答應改正。

圖：李成宇

小狗的夢想

農場裏除主人列平一家外，生活着許多動物。

有兩隻大狗一隻小狗。有一群母雞一隻公雞。

有兩隻肥貓，白天睡覺，夜間跟鄰居吵架。

有一頭退休了的老牛整天歎氣，人家問牠何事不開心，牠說：「唉，歎慣了，歎口氣舒服點。」

有一匹年青的白馬，是主人全家的愛寵，他們時常騎着牠在鄉間的小路上練跑。

小狗波波有時也跟着白馬練跑，但很快就跟不上，要回到大門前等牠們回來。

波波對兩隻大狗並不十分佩服，因為牠知道牠們聲音大、膽子小，牠們只會嚇那些膽子比牠們更小的傢伙，遇到比牠們強的，就會垂下尾巴藏到一邊。

波波最羨慕的是白馬漢斯，牠體格高大，氣概非凡，跑得快，但不驕傲，對農場裏所有成員都很友善。有幾次主人讓漢斯自己去練跑，波波跟着去，漢斯便放慢腳步，讓波波全程陪伴着牠。

這時波波就會幻想：如果自己也是一匹馬該有多好！牠就學着漢斯奔跑的姿態，快樂地跑着，跑着。

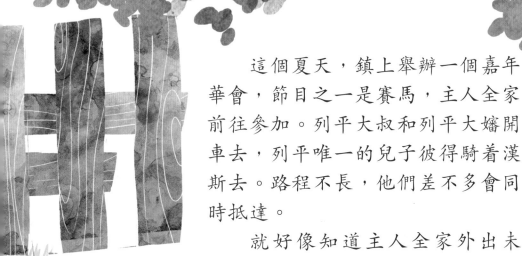

　　這個夏天，鎮上舉辦一個嘉年華會，節目之一是賽馬，主人全家前往參加。列平大叔和列平大嬸開車去，列平唯一的兒子彼得騎着漢斯去。路程不長，他們差不多會同時抵達。

　　就好像知道主人全家外出未歸，天一黑三隻飢餓的土狼同時竄進農場。牠們有很靈敏的嗅覺，一進來就直奔雞舍。兩隻肥貓隔着玻璃窗豎起了全身的毛，用意是保護自己，抗敵可不是牠們的責任。老牛長歎一聲，為雞的命運擔憂。在公雞和母雞們驚慌的呼救聲中，大小三隻狗一同衝出去向土狼狂吠。

　　這可惹怒了三隻土狼，牠們一對一向三隻狗進攻。牠們咧着尖利的白牙，發出低沉的咆哮，兇悍地撲向對方。兩隻大狗害怕地一直後退，雖然牠們仍然在大聲吠叫。只有波波一步不退，跟那隻土狼咬在一起。

波波覺得肩膀上很痛，知道自己受傷了，但牠也咬着對方的後頸，不準備放開。另外兩隻土狼見同伴有麻煩，一同轉過來攻擊波波——就在這最危急的時刻，農場外傳來一聲馬嘶。轉眼間彼得和漢斯好像從天而降，漢斯一起腳便把一隻土狼踢得打了幾個跟斗連忙逃走，其他兩隻見情勢不利也慌忙跟隨。受傷淌血的波波嘴裏還有土狼的皮毛。這時列平大叔大嬸也開車回來，大家忙着替波波包紮止血，説明天會帶牠去看醫生。

原來漢斯在比賽中獲得亞軍，帶回來一隻銀盃。列平大叔說：「我們家裏也同時產生了一位英雄，過幾天我們要邀請鄰居和朋友，來一次熱烈的慶祝！」

這時漢斯伸出舌頭舔着波波，像是在致以慰問。波波想：「雖然我不是一匹馬，但我們好像兄弟一樣。」

與兒童文學名家對話

阿濃對孩子說：

你會用什麼詞語形小狗波波的行為？

為什麼列平大叔說波波是英雄？

孩子的話：

給伴讀者的話

阿濃對爸爸媽媽說：

讓孩子知道小狗波波的表現是勇敢。
但要孩子知道勇敢要用在有意義的事情上，
亂過馬路、開快車、高處跳下、風球下游泳……
只是無意義的冒險。

圖：Spacey

水井的故事

在很久很久以前，很遠很遠的地方，有一個很小很小的國家。國王和皇后年紀已老，他想把王位傳給兩個兒子中的一個，他們是一對孿生子，出生的時間只相差半個小時，他不想憑這三十分鐘的差異，決定由誰來管理這個國家。

大王子和二王子的樣子很相像，相像得連老師也會把他們認錯。他們讀書的成績一樣好，運動的成績也半斤八兩，對爸媽更是一樣的孝順。

當國王發覺自己連吃過飯沒有都記不清楚，又會把大臣甲叫錯大臣乙的時候，知道自己是退位的時候了。於是他把兩個兒子叫到面前，對他們說：

「我為國家為百姓辛苦了五十年，該是退休的時候了。但是我無法決定把這份辛苦又榮耀的工作留給你們之中的哪一個人，所以我跟你們的母親會到世界各地旅行一年。我會把國家大事交託給大臣，但是我希望你們倆在這一年裏，要為我做一件使我快樂的事。誰做得好，誰就是我的繼承人。」

一年很快過去了，國王和皇后如期回國，他們旅途勞頓，但精神很愉快。第二天，他就把兩個王子叫到面前，對他說：「看你們為我做了些什麼？」

大王子說：「請你們都跟我來。」

大王子把國王和皇后帶到一座全新的皇宮前，但見豪華壯麗，氣象萬千，而且彩旗飄揚，裏面傳出典禮前的音樂，正準備一個盛大的開幕式。

「父王，這就是我為你們建造的新皇宮。因為舊皇宮有一百多年歷史，太破舊了！這一年我找到全國最優秀的設計師，畫好圖則。全國的百姓，都很敬愛您，聽說要建新皇宮，出錢的出錢，出力的出力，大家日以繼夜的趕，終於在昨天晚上完工了。請爸爸媽媽進去參觀。」

國王說：「不必了，謝謝你。」

國王轉頭對二王子說：「你呢？你又做了些什麼？」

二王子說：「請你們都跟我來。」

他把大家帶到一口新打的水井前，攪動轆轤*，一個木桶裝滿清水升了上來。二王子裝了一碗到父王面前說：「請嘗嘗。」

國王嘗了一小口，覺得清甜無比，便一飲而盡。

二王子說：「我國的百姓最困擾的事是水源不足，要走很遠的路背水回來，吃的用的都要很省儉。因為無水灌溉，所以連花和樹都不敢種植，影響鳥兒、蝴蝶和蜜蜂都不飛來。我幸運地找到一位地質學家，他最精於探測地下水源，這是他幫我打的第一口井。我立刻在井旁移植了鄰國的花和樹，說來你不信，鳥兒、蝴蝶和蜜蜂很快便出現了。這一年，我們已經打了一百口井，未來的目標是一千。」

*轆轤：音碌牢，取水器具。

「好！有意思！我很開心！」國王說，「不過這一年我在旅行途中，也學會了一件事，叫做民主選舉。我要我國人民，一人一票，選出他們的新國君。」

如果你是這個國家的人民，你的票會投給誰呢？

與兒童文學名家對話

阿濃對孩子說：

如果你是這個國家的人民，

你會投票給誰？

為什麼？有什麼結果？

孩子的話：

給伴讀者的話

阿濃對爸爸媽媽說：

可以問孩子，

故事中的國王為什麼不為新皇宮開心，

卻為水井開心？

再問孩子，為什麼國王不自己做決定，

卻要國民自己選？

因為有愛，不再孤單

　　棠棠是家中惟一的孩子，他的爸爸長期在中國內地工作，只在夏天和農曆新年回來兩趟。即使回來，也天天約朋友飲茶吃飯，棠棠覺得他好像一個陌生人。

　　由於陌生，棠棠甚至有點怕他。所以爸爸每次離開時，棠棠並不覺得不捨。爸爸出門時會擁抱他一下，在他臉上揪一把，叫他要乖乖的聽媽媽話。棠棠只覺得爸爸揪得他很痛，連再見也不想跟他說。

　　棠棠的媽媽是鋼琴老師，她在家裏教琴，來學的都是四歲到十來歲的學生，時間到了，家長送他們來；時間到了，家長又接他們走。棠棠連跟他們講話的時間也沒有。媽媽的學生很多，又要煮飯、洗衣、清潔地方，因此陪伴棠棠的時間很少很少，只是去圖書館借了許多故事書給棠棠看。因此棠棠總是覺得自己很孤單，悶悶的，不開心，他不知道這種感覺叫「寂寞」。

　　這天下午，天氣晴朗，媽媽在教琴，棠棠拿了一本書坐在後園的長椅上看，屋內傳來叮叮噹噹的琴聲，帶有催眠作用，棠棠不知不覺睡着了。

　　棠棠發覺自己來到一條小河邊，河水淙淙的響着，像媽媽的琴聲。

　　除此之外，四周靜悄悄的。呆呆的站了一會兒，棠棠歎了一口氣說：「好悶呀！」

　　忽然一條魚跳出水面說：「我們不悶！」

　　同時又一條魚跳了出來，接着說：「因為有愛！」

　　兩條魚掉進水裏，相伴着快快樂樂的游走了。

　　棠棠又歎了一口氣說：「好沒趣呀！」

　　忽然一對野鴨游了過來，一隻說：「好有趣呀！」

　　另一隻說：「因為有愛！」

　　牠們互相親吻着游走了。

　　棠棠看着牠們的背影，又歎氣說：「好無聊呀！」

　　一隻鳥兒從他頭頂飛過，嘴裏銜着青蟲，飛到一棵樹的枝椏處，那裏有一個鳥巢，巢中有牠的嬰兒，正等待牠的餵哺。牠餵過孩子之後，快樂地飛經棠棠頭頂說：「我們快樂，因為有愛。」

　　棠棠看着飛走的鳥兒媽媽，又歎氣說：「好孤單呀！」

　　他忽然聽到一陣馬蹄聲，一個女孩騎着馬從遠
處奔來。那女孩很面善，像媽媽的一個學生，她開
口說：「棠棠，你學會愛人，就不孤單。來，我跟
你交個朋友，互助互愛。」

　　女孩曲着手指放在唇邊吹了一聲響亮的口哨，
一隻大鳥從天而降。

　　「騎上去！」女孩說。

　　棠棠不知哪裏來的勇氣，一下子就騎上大鳥的
背脊。兩人在天空自由自在地轉了十多個圈。棠棠
在半空看到自己的家，看到媽媽從屋裏走出後園找
他，見他不在，又走進屋裏，不久又再出來，很焦
急的樣子。就這樣磕磕碰碰許多次。

　　「媽媽，我在這裏！」棠棠不忍心媽媽焦急，

大聲喊，但媽媽似乎一點也聽不見。媽媽又在匆忙間
跌了一跤，使棠棠十分擔心。

　　「我要回家，請你讓我回家！」棠棠高聲要求。

　　「你急什麼？我們高高興興的再玩一會兒！」女
孩說。

　　「求求你！如今我回家跟媽媽在一起最高興！」
棠棠說。

　　「回家吧！回家吧！」一把很宏亮的聲音說，
「家中有愛，永不寂寞！」原來聲音是太陽伯伯發出
來的。

　　棠棠身底下那隻大鳥把翅膀一側，棠棠坐不穩，
像斷了線的風箏一直往下掉。

　　「媽媽，我愛你──！」棠棠大聲喊。

　　棠棠一下驚醒，發覺自己坐在後園的長椅上，書本掉在地上，心兒還卜卜的跳。鋼琴的聲音停止了，媽媽從望見後園的窗户喊出來：

　　「棠棠，上來吃糯米麥粥。」

　　棠棠最愛吃糯米麥粥。他撿起地上的書，快快走進屋裏，一面走一面喃喃地說：「媽媽，我愛你！」

與兒童文學名家對話

阿濃對孩子說：

爸爸媽媽可能都很忙，沒有人陪你玩，你感到寂寞。

告訴你一個最好的辦法：

想想你能做什麼幫他們的忙？

這樣你可以親近他們，

他們也多了時間可以安排一些家庭節目一同玩。

孩子的話：

給伴讀者的話

阿濃對爸爸媽媽說：

安排一些工作讓孩子幫你做，
要稱讚和獎賞，包括假日一同去郊遊。
工作最好既有趣，又是一種學習，
如果能夠家人一同做，那就更理想了。

圖：Spacey

快樂的工作

親愛的小朋友，你試過沒有？人會無緣無故的不開心。

一睜開眼睛，聽見窗外下雨的聲音，心裏就會想：討厭！昨天下雨，今天又下雨，你下夠了沒有！

一睜開眼睛，窗外是個大晴天，該開心了吧？不，你心裏想：今天學校旅行，這麼猛的太陽，曬死人啦！鼻子都會曬到脫皮，醜怪死了！

一睜開眼睛，窗外暗暗的是陰天，這趟該沒話說了吧？可是你心裏想：這麼陰沉的天，真影響心情！我正想到公園去拍照呢，沒有陽光，照片不會好。

瞧，一個人開心不開心，其實跟天氣無關。

星期天的早上，麗麗一早起牀了，媽媽像往常一樣，準備了麵包和麥片做早餐。麗麗想：

三百六十五天，天天一樣，禮拜天也沒有新意思。她老是說麥片有益，天天吃，一見已作悶，有什麼益！於

是她趁媽媽看不見，把麥片倒在碗盆裏放水沖走了。

整個早上都沒有人來電郵和電話，都把我忘記啦？豈有此理！

星期天的早上，麗麗起牀看見桌上的早餐跟平日不同，沒有麥片，換了通心粉。

麗麗皺着眉頭說：「討厭！生病的時候才吃通心粉嘛，我又沒有生病，吃什麼通心粉！」今晨電話鈴響個不停，還有好幾個電郵，但都是班上最無聊的男生打來的，麗麗沒好氣的回了電話，電郵就懶得覆了。

瞧，一個人開心不開心，跟吃什麼，有沒有電話電郵也無關。一個人要怎樣才找到開心呢？讓麗麗告訴你。

暑假的一天，媽媽叫麗麗收拾收拾自己的房間，麗麗說：「我沒空！」媽媽說：「整天對着電腦玩遊戲你就有空！」麗麗說：「放暑假就是給我們玩的嘛！」媽媽說：「暑假光是玩嗎？要不要吃飯、洗澡、睡覺？」麗麗覺得媽媽強詞奪理，生氣的說：「我要去圖書館借書。」拉開門就走了。

　　麗麗沒有進圖書館，坐在館外的長椅子上發呆。

　　陽光下一個年青媽媽拖着一個三歲小男孩經過，小男孩漂亮極了，就像宗教畫上的小天使。麗麗不由得向他招招手，小男孩向她走近，要把手上的一朵紅玫瑰送給她。麗麗本想推辭，孩子的媽媽說：「玫

瑰是我們自家園子裏種的，他喜歡送給美麗的姐姐們，你收下吧。」

麗麗收下玫瑰，向孩子和孩子的媽媽道謝。她忽然覺得心裏充滿快樂，沒有借書就回到家裏，用一個小花瓶插了玫瑰，放在牀頭几上。這時覺得房間真的很亂，便細細收拾一番。在整潔的房間裏，那朵玫瑰顯得特別精神。

爸爸和媽媽都發覺她收拾了房間，大大稱讚了她一番。晚上媽媽做了麗麗最喜歡吃的茄汁蝦，說是獎賞。

這天晚上麗麗想起園子裏也有兩大叢玫瑰，她第二天一早剪了五六朵，放在小花籃裏，她也想學小男孩，做一個快樂使者。

第一朵花她送給一個倒垃圾的清潔女工，麗麗說：「你工作辛苦了，我送你一朵玫瑰花。」女工起初有點驚訝，隨即笑着說：「我要工作，玫瑰花沒處放。」麗麗說：「我幫你插在頭上。」清潔女工梳了一個髻，麗麗就幫她插在髻旁。女工說：「我像個癲婆了！」麗麗說：「哪裏，你漂亮極了！」女工笑得可燦爛呢！

麗麗送出的每一朵花都同時送出了快樂，她最記得其中一朵送給一個失明的女子，她拿着一根盲人用的手杖，正在等巴士。她穿戴整齊，頭髮也梳得光潔。麗麗把玫瑰送到她手裏說：「姐姐，你很美麗，我送你一朵玫瑰。」那姐姐揑着玫瑰，輕輕「呀」了一聲，原來玫瑰的梗上有刺。麗麗抱歉的說：「對不起！」姐姐說：「我歡喜！沒有刺，怎算是玫瑰呢！小妹妹，你肯讓我吻吻你嗎？」麗麗把臉送過去讓她吻了。

姐姐說：「我看不見你，但我知道，你比玫瑰更美麗。」

只要有玫瑰的日子麗麗都會去送花，她覺得每天都是快樂的日子，不論是晴天、雨天還是陰天。

阿濃對孩子說：

你是一個開心的孩子還是不開心的孩子？

什麼事最令你開心？什麼事最令你不開心？

看了這個故事，

你知道讓自己開心的最好辦法是什麼嗎？

孩子的話：

給伴讀者的話

阿濃對爸爸媽媽說：

你們可是開心的父母？你們的孩子可是開心的孩子？

怎樣可以讓全家都開心？

故事中的麗麗由不快樂變得快樂，

觸發點是受到讚美。

請不要錯過讚美他人尤其是你孩子的機會。

圖：SANDYPIG

松鼠寶寶

　　春天到了，草地綠了，松鼠出來了。

　　松鼠出來了，大的、小的、胖的、瘦的、活潑的、呆笨的、大膽的、畏縮的都出來了。出來做什麼？出來找東西吃。

　　這家前園有兩隻，那家後園有一隻，還有一隻又一隻在過馬路。你跑到這邊來，我跑到對面去，總以為另一邊會有較多的食物。

　　對開車人來說，看到松鼠過馬路要特別提防。因為牠們最容易改變主意，明明已橫過一半，車子開到時，牠們應該已平安到了對面。想不到牠們會忽然回頭轉身，如果不及時煞車，便碰個正着。

　　這天燕燕從二樓房間窗戶望去花園時，看到一隻很小的松鼠，小心翼翼地這裏嗅嗅、那裏嗅嗅，有

時用後腳站起來，東望望，西望望，像在尋找什麼，
又像提防什麼。燕燕記得松鼠喜歡吃花生，她房間裏
正好有小半包吃剩的花生。她揀了一顆大的，推開窗
門，用力向小松鼠丟過去。

　　花生掉在離小松鼠一呎的地上，嚇了牠一跳。
牠退後幾步，小眼睛骨碌碌地四周望着，豎起鼻子在
空氣中嗅着，但沒有抬頭看到燕燕。牠終於發現了那
顆花生，跳前兩步，把花生拾起，放到嘴裏，咬開外
殼，吃了起來。燕燕看得入神，又揀了一顆花生，向
小松鼠丟過去。這次她丟得更準，花生打中了小松鼠
的頭，嚇得牠跳了起來。燕燕又好笑又抱歉，對小松
鼠說：「對不起呀，松鼠寶寶！」

小松鼠抬頭看到了她，並不害怕，又把那顆花生送進嘴裏。

燕燕見小松鼠可愛的樣子，想拿相機幫牠拍張照片。可惜到她找到相機時，已不見了牠。

燕燕第二天在房間裏上網時，發現有個影子在玻璃的窗上移動，轉頭一看，她幾乎不相信自己的眼睛。原來昨天那隻小松鼠，竟坐在窗台上向房間裏張望。她知道這聰明的小束西是來向她討吃了。

她拿起那小半袋花生，走到窗邊。小心推開半扇，把兩顆放在窗台上。

小松鼠在窗台上吃了一顆，另一顆銜在嘴裏。跳上近窗的櫻花枝椏，飛快的從樹幹爬下草地，連跑帶跳的橫過草地鑽到栅欄外去了。

第三天燕燕新買了一包花生，又把相機放在手邊，靜待小松鼠出現。

果然到了相同的時間，小松鼠又來了，更使她驚喜的是牠嘴裏銜着一小枝櫻花。

「你是送花給我的嗎？謝謝你呀！」燕燕走到窗前，小心打開半扇，背過身子，讓小松鼠出現在她身俊，舉起相機，來一次與小松鼠在一起的自拍。然後轉過身子，從小松鼠嘴裏接過那枝櫻花，又把兩顆花生放在窗台。

照片拍得十分好，燕燕把它放上了社交平台，她替小松鼠取了個名字叫Irin。

「會送花的小松鼠」立刻引來朋友的關心和羨慕，照片由她的同學傳到地球上許多地方。

Irin差不多每天都在同一時間出現，還不時送花來。最巧是燕燕生日那天竟送來一朵紅玫瑰。

可是有一天Irin竟沒有來，燕燕有點擔心。

Irin第二天又沒有來，燕燕更是十分不安。

她把Irin失蹤的事告訴爸爸媽媽和哥哥，大家都有一種不祥的預感。於是他們決定來一次大搜索，到附近的街道邊尋找。

他們沒有花很多時間，就在一處十字街路邊的草叢裏，發現了Irin，牠的身體沒有明顯的傷痕，可能是內臟受到劇烈的撞擊傷重死亡的。

爸爸拿帶來的布袋裝了Irin回家，替牠清潔了身體，放在一個紙盒裏，埋在櫻花樹下。

燕燕在爸爸媽媽面前沒有哭，但到她一個人回到房間，望着那松鼠寶寶每天出現的窗戶時，就忍不住大哭起來，哭得心和肺都感到疼痛。

她在社交平台上宣布了這個消息，她很快收到一百多個回應，為松鼠寶寶的離去惋惜，安慰燕燕不要太傷心。

　　第二天燕燕在松鼠寶寶遇事的路邊看到好幾束鮮花，一定是燕燕的同學和朋友根據敍述找到這裏，送上鮮花表示哀悼。

　　燕燕第二天夜裏做了一個夢，夢見小松鼠又來到窗前，跟以往不同的是在牠的背後多了一對翅膀。牠在窗外向燕燕輕輕揮手，搧動翅膀，飛向滿天繁星的夜空。

　　燕燕也向牠揮手，直至牠在星群中消失。

　　燕燕第二天一早醒來，望向窗外，見窗台上有一小枝櫻花，或許它是從櫻花樹上掉下來的，但燕燕相信是松鼠寶寶Irin送的，她開窗把花小心撿進來，插在一個小玻璃瓶裏，放在案頭。

與兒童文學名家對話

阿濃對孩子說：

我們身邊會出現一些小動物，

你對牠們好，牠們會樂意跟你做朋友。

牠們不會說話，但你們可以互相了解。

你給牠們愛，牠們會同樣愛你。

告訴爸爸媽媽，假如你家養隻狗或者貓，

你會怎樣愛牠們？

孩子的話：

給伴讀者的話

阿濃對爸爸媽媽說：

親人和好朋友的離開，是不能迴避的悲哀，

怎樣接受現實，減輕哀傷，

這個故事給了你一點啟示。

但最終的結論該是好好愛你身邊的親人和朋友。

阿濃

原名朱溥生，1934 年出生。1954 年畢業於香
港葛量洪師範學院，任職中小學教師 39 年。曾任
香港兒童文藝協會會長、加拿大華裔作家協會副
會長、報刊編輯等。1993 年退休後移居加拿大，
至今寫作不輟。

2009 年，獲香港教育學院（即今香港教育大
學）頒授第一屆榮譽院士名銜，以表彰其對教育
及文學的貢獻。

阿濃的作品有小說、散文、新詩、劇本、報
章專欄等、已出版書籍過百種，並且獲獎無數。

阿濃六度獲香港中學生選為「最喜愛作家」，
當中入選香港「中學生好書龍虎榜」十大好書的
作品達 16 種，其他獎項包括冰心兒童圖書獎、陳
伯吹園丁獎、香港中文文學雙年獎、香港教育城
「十本好讀」等。

香港兒童文學名家繪本集
因為有愛：阿濃給孩子的故事

作　　者：阿濃
繪　　圖：黃裳、李成宇、Spacey、SANDYPIG
責任編輯：張斐然
美術設計：新雅製作部
出　　版：新雅文化事業有限公司
　　　　　香港英皇道499號北角工業大廈18樓
　　　　　電話：(852) 2138 7998
　　　　　傳真：(852) 2597 4003
　　　　　網址：http://www.sunya.com.hk
　　　　　電郵：marketing@sunya.com.hk
發　　行：香港聯合書刊物流有限公司
　　　　　香港荃灣德士古道220-248號荃灣工業中心16樓
　　　　　電話：(852) 2150 2100
　　　　　傳真：(852) 2407 3062
　　　　　電郵：info@suplogistics.com.hk
印　　刷：中華商務彩色印刷有限公司
　　　　　香港新界大埔汀麗路36號
版　　次：二〇二三年六月初版

ISBN: 978-962-08-8190-9
© 2023 Sun Ya Publications (HK) Ltd.
18/F, North Point Industrial Building, 499 King's Road, Hong Kong
Published in Hong Kong SAR, China
Printed in China